전재희 첫 시집

# 가을날의 독백

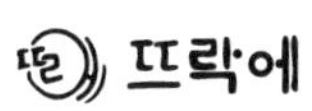

## 내 삶에 마중물

살면서 허전함이 있었습니다. 소소한 일상이라도 적어 놔야 내 인생에 흔적이라도 남지 않을까 생각했었습니다.

그래서 무엇이든 보고 느끼면 메모하는 습관이 있었습니다.

그러던 차 글 쓰는 법을 가르쳐 주신다는 소식이 반가웠습니다.

다행히 훌륭하신 박가을 선생님을 만나 詩 공부를 하게 되었고 이렇게 첫 시집을 출간하게 되었습니다.

아직은 걸음마 수준의 부끄러운 글이지만 제게 첫 시집은 기쁨, 희망, 용기를 갖게 해준 마중물의 의미였습니다. 그래서 더 의미를 부여하고 싶습니다.

항상 말씀이 없으시고 묵묵하셨던, 다정다감하신 나의 아버지.

호롱불 밝히고 아파서 끙끙 앓는 나를 꼭 안아 주시고 배를 문지르며 긴 밤을 밝히셨던, 아버지.

지금 아버지가 보고 싶습니다.

제일 먼저 이 시집을 천국에 계신 아버지께 드리고 싶습니다.

그리고, 연로하신 나의 어머니,

고향에 갈 때마다 호박전을 부치며 딸을 기다리시니 감사하지요. 어머니의 강인한 모습은 지금까지도 꿋꿋한 제 인생의 등대랍니다.

덧붙여, 사랑하는 나의 아들.

작가의 선배로서 글 쓰도록 격려와 힘을 주며 응원해 줘서 고맙고, 사랑한다.

이제 저무는 인생길이라 포기하거나 낙심하지 않고 글을 쓰는 데 시간을 투자하렵니다.

시 창작을 지도해주신 박가을 선생님 감사드립니다. 그리고 함께 시를 공부했던 좋은 문우님들 진심으로 행복한 시간이었습니다.

감사합니다.

엄마곁에는 따뜻하다

저자 전재희

# 차 례

2부
## 소중한 가족



3부
## 행복한 순간마다

3부
**행복한 순간마다**



4부
**사랑의 조각들**

# 1부
# 그리운 고향

## 작은 깃털

소나무 이파리 충이 먹고 있다
내 삶은 탐욕으로 화석화되었고
욕심의 무게는 천 냥 같다
어느 날인가
번갯불에 나뭇가지는 꺾어지고
새싹이 돋은 것을 알았다
나뭇가지에 파란 싹이 돋고
새 한 마리 날아와 작은 깃털 남길 때쯤
나도 세상을 향해 다시 깨어나리라
우물처럼 맑게.

## 소 팔러 가는 날

소 한 마리가 외양간이 아닌 마당에서
소죽을 먹고 있다
진수성찬을 맛있게 쩝쩝
물끄러미 바라보고 계시는 부모님
엄숙한 표정 소 팔러 가는 날이다
털을 말끔히 정리하고 꼬뚜레 잡으니
거품을 뿜어내는 워낭소리
큰 눈망울 눈물이 뚝뚝
안 가려고 뻿대는 소
엉덩이 철썩철썩 집을 나선다
장날에 내 가족이 팔려간다.

# 해돋이

새해 해돋이
저수지 뚝에 북적이는 사람들
드럼통에 타오르는 불길
해돋이 마중 나온 사람들 틈
나는 추운 몸을 녹인다

새해를 맞이하기 위해
북치고 장구치며 희망을 노래한다

둥둥둥
삼라만상이여 깨어나라
붉은 해야 일어나라
둥둥둥.

## 풍성한 가을

풍성한 가을은 마음도 배가 부르다
비탈진 언덕배기 이름 모를 들꽃이
만발하니 눈이 즐겁기만 하다

그 누가 살펴주지 않아도 오롯이
자기 생명력을 다해 예쁘게 피어났다
소박한 들꽃 송이들
행복한 미소를 듬뿍 보낸다

고추잠자리 춤을 추고
들깨밭 들깨꽃 풍성하니 온천지가
깨꽃 향기로 코가 벌름벌름

밤나무 큰 입 벌려 굵은 알밤 토해내니
줍는 사람 싱글벙글
감나무 굵은 대봉감 붉은 것이 주렁주렁
깊어가는 가을날.

# 풍금이 있는 음악 시간

음악 시간
"풍금을 교실에 들여놓도록"
선생님의 단호한 한마디
짧은 머리 선생님은
풍금을 한발로 누르며 힘껏 노래를 부르신다

"아름다운 저 바다와 그리운
그 빛난 햇빛 내 맘속에 잠시라도"

오늘이 마지막 음악 수업
다른 학교로 전근을 가신단다
선생님을 기억하라며
이 노래를 열심히 가르쳐 주셨다

마지막 수업시간은 울음바다였다
돌아오라 쏘렌토로
그 선생님과 추억이 깃든
영원한 시와 사랑의 노래였다.

## 푸른 소나무

돌벽 위 소나무 한그루
푸른 잎새 애잔하게 달려있다
가슴을 벌려 산하를 감싸주고 있다
저 소나무처럼 영혼이 담긴
토테미즘 신앙이 아닐지라도
그 장엄한 표정 읽을 수 있다
노송은 말한다
나를 닮은 묘한 동질감이 느껴진다
꼭 안아본다
누가 저 소나무 숲길을 장애물이라 했던가
저 푸른 잎은 계절이 변해도
변치 않는 우리의 삶 같아라.

## 달맞이꽃

시냇가 자갈 밟으며
무거운 지게를 지고 오시는 아버지
달빛 그림자 밟으며
인적 없는 길을 동행해 준다
발걸음은 저벅저벅
적막한 밤
공기가 낮게 깔리면
허허로운 심경에 헛기침 날린다
고된 하루를 마치면
지천에 핀 달맞이꽃도
아버지 마음처럼
얼굴에 환한 미소를 띄운다.

## 별 하나

어둑해진 밤
길 위에 서서
하늘에 별을 셈해 본다

별빛은
삼라만상에 잠들고
고독한 별 하나
내 곁에 슬그머니 다가온다

우주를 가득 담은 듯
내 인생길에도
별 하나 갖고 싶다.

## 사금파리 장난감

국화문양이 새겨진 도드라진
청보라 색 사금파리 한 조각
색깔과 문양을 처음 보았다

신기한 물건인 듯
주머니 속에 꼭 감추고
나 혼자
만지작거리며 놀았던 장난감이다
귀한 보석 같은
청보라 색 사금파리
반들거리도록 만지작거렸던
까마득한 추억의 동심.

## 대봉감

씨알이 팔뚝 같다
네모난 상자 안에서 불뚝불뚝
달콤한 감이 익어가고 있다

빨갛게 익은 감을 골라
하나씩 하나씩
입맛을 음미하며 먹는다

대봉감을 볼 때마다
아버지 얼굴이 보인다
주렁주렁 열려 있는
내 고향
집도 보이는 듯하다.

## 나는 풀꽃

너는 해바라기를
나는 개앙개미를 좋아한다

너는 억새풀이 하늘거리는 산길을
나는 풀꽃이 만발한 오솔길을 좋아한다

너는 파도치는 바다를
나는 개여울에 발 담그고
물소리 새소리를 좋아한다

너의 색깔
나의 색깔이 달라도
내 마음 깊숙하게 들어왔고
나에게는 없는 너의 이미지
사랑하니까.

# 감꽃

어릴 적 담장 밑에
떨어지는 감꽃을 줍고 놀았다
아랫집 아이랑

감꽃을
굵은 실에 꿰어
목걸이를 만들었다
우리는 감꽃 목걸이를 걸고
공주가 된 기분이었다

나는
지금도 감꽃을 보면
그 시절이 생각난다.

# 봉숭아 꽃잎

사립문 옆 꽃밭
봉숭아꽃 만발하다
턱 괴고 꽃구경하는데
외할머니가 꽃물 들여 주신단다

봉숭아 꽃잎에 왕소금 넣고 빻아
손톱에 얹어 실로 동여매고
두 손을 배꼽 위에 올려 잠든다

손톱보다 손가락이 빨갛게 물들여
졌어도 마냥 고왔던 손톱
아 예쁘다
할머니가 칭칭 매주던 약지 손가락.

# 굴뚝 연기

산으로 둘러싼 삼태기 닮은 마을
초가집들이 모여 마을이 되었다
바람이 불어와도 산이 막아주고
추운 겨울엔 따사로운 햇볕을 모아주던
정이 많던 고향 집

논밭이 적어 어려웠던 시절
물 한솥 가득 붓고 군불 지핀다
아궁이에 불 지피며 한숨짓던 엄마 마음
활활 타오르는 불길은 알까
굴뚝 연기는 몽글몽글 오르고
돌아서는 발걸음
저만치 어둠이 오고 있다.

# 슬픈 노을

어스름한 저녁
서쪽 하늘에 지평선 가득 펼쳐진 노을
낙타도 함께 걸어가고 노을은 슬펐다

아스라이 사라진 붉은 빛
내 가슴 안에 작은 구멍이 뚫렸다
저 빛은 무엇일까
저 빛 너머에 누가 살까
어린 시절 돌절구 위에서 까치발로
더 먼 곳을 보려고 붉은 노을에 빠졌었다
그님은 떠나고
나 홀로 붉게 물든 노을만 바라보고 있다
오늘은 슬픈 날이다.

## 대추나무집

어릴 적 시골집 외양간 옆에
큰 대추나무가 있었다
심심하면 대추나무에 올라가
덜 익어서 비릿한 대추를
따먹으면서 친구들과 놀았다

가을에 빨간 대추가 땅에
떨어질 때면 주워 먹고 싶었지만
쇠 똥물이 묻어 있어 나무에 올라가
크고 굵은 것만 따먹는 재미가 있었다
주렁주렁 열린 대추나무 위에
오르면 다 내 것인 양 으쓱대며
놀았던 시절이 그립다
빨간 대추를 볼 때마다
그 시절 어린아이가 되곤 한다.

# 이동영화관

이장님 댁 넓은 마당에 멍석 깔고
동네 사람들은 옹기종기 모여 앉았다
시골 밤은 캄캄했고 텔레비전도 없었던 시절이다
곧 영화가 상영된다며 사람들은 호기심에 술렁술렁
빗줄기처럼 지나가는 영화 한 장면
새마을 홍보가 시작되었다
와아
한 장면 한 장면이 지나갈 때마다
요란하게 손뼉 칠 때도 있었다
그 순간 뚝
필름이 끊기던 시간
별은 총총히 떴다.

## 우렁이

거름을 준 논에는 따스한 빛이
벌써 와서 놀고 있다
우렁이 슬금슬금 미끄럼 타고 움직인다
천천히 유유자적
그렇게 봄날을 즐긴다
저 건너 외딴집
'친구야 뭐하노 놀자아'
술 드신 아버지 호령에
문 열고 슬쩍 내다볼 뿐
바지 걷고 논에 들어간다
우렁이를 잡아 까만 신발에
가득 주어 담는다
신발에 하나 가득
친구는 아직도 오지 않고
진흙 묻은 두 발은 논둑에서
하얀 햇빛을 마주하고 있다.

## 문경새재

봄의 문턱을 밟고 가지 않았던
낯선 곳의 여행
누구의 속삭임인 듯 버스를 타고
떠나는 여행길은 흥분된다
문경은 아버지 고향이다
나의 발자취를 찾아 떠나본다
20년 전
지금은 시골스럽다
나들이는 자유롭고 무표정한 몸짓
고향의 품은 지금도 따뜻하다
움츠렸던 나목도 친구가 된 듯
흘러내리는 도랑물도 어쩜 그리 맑던지
손 담그고 물장난치고 싶어진다
문경새재
정기를 받은 이방인
나는 우뚝 선 나무숲 길을
아버지와 둘이 걷던 길을 걸어본다.

## 신발 한 짝

하늘이 구멍이 났나
장대비가 주룩주룩
빗물이 범람해
냇가는 강물이 되었다
집어삼킬 듯
소용돌이치는 급물살로
전교생은 일찍 학업을 마쳤다
책가방을 어깨에 꽁꽁 묶고
두 명씩 교감 선생님 손을 잡고
성난 물속으로 한발 한발
그만
내 빨간 코 신발 한 짝을 놓쳤다
물 위에 둥둥 떠내려가고
붉은 황토물이 삼켜버렸다

내 신발 내 신발.

## 설화

어느 마을에
폭풍이 불어도 부러지지 않는
대나무가 있었다
새댁은 새벽마다
바람이 불면 으스스하게
소리를 내며 울었다
사각사각 잎 갈리는 소리에
도깨비는 춤을 췄고
밤이 되면
대나무 숲에 숨었던
도깨비는
커다란 놋쇠 뚜껑을
솥안에 넣어버려
아궁이에 불을 땔 수가 없었다
도깨비는 재밌다며
새댁을 놀렸고 숨어서 낄낄낄 웃었다
낄 낄 낄.

# 2부

# 소중한 가족

## 참 괜찮은 태도

주말에 아들이 왔다

엄마 입원 소식을 듣고
마음의 안정을 얻고 싶어 읽은 책이에요
울고 싶어서 읽은 책이기도 해요
병원에 있는 엄마를 보러 가는 길
출퇴근 하다 퇴사를 결심한 순간
수없이 책을 빌려 눈물을 머금었어요
엄마가 정말 소중하구나! 느꼈어요
그동안 건강하셨던 엄마에게 감사하며
앞으로 건강하실 엄마
입원과 퇴원을 기념하며
이 책을 바칩니다
엄마
사랑해요.

* 아들 승화가 2023년 11월 11일
『참 괜찮은 태도』 출간한 책 제목

## 보물 1호

아들 두 살 때
노란 뱅가드 구두를 신고
아장아장 걸으며 장난감 가게 앞에서
아들은 연둣빛 청개구리 한 쌍을 만지작거렸다
그래서 아들 생일날 청개구리는
우리 가족이 되었다
뭇 세월이 흘렀건만 나는 고집스러운 정도로
남아 있는 기억 한 토막
청개구리 한 쌍을 만난 일이다
그 기억은 아들이 선택했고
내가 선택했기에 남아있다
어느 날 청개구리는 아들이 되었고
우리 집에 지금도 살아가고 있다
연둣빛 한 쌍 청개구리 내 보물 1호다.

## 형제

계모 눈치에 떠난 고향
소 한 마리 사주겠다며
형님 손에 두둑한 돈다발 건넨다
북적이는 오일장은 사람 구경 소구경

허리춤에 꼭 묶어 챙겼던 돈다발
아뿔사 허리춤은
꿈은 돈과 함께 사라지고
신음소리가 빗소리보다 컸던 그때
그러나
온화한 햇빛 받으며 형제가 걷던 숲길.

## 한여름 밤

어둑해진 밤
논두렁 개구리가 슬피 울어대고
모기는 윙윙
아버지는 쑥과 들풀로 모깃불 피우신다
아버지가 새로 엮어 만든
노랑 멍석을 마당에 깔고
엄마랑 동생들 나란히 누웠다

화덕엔 옥수수 익는 구수한 냄새
밤하늘 별빛이 총총 무수히 떠 있다
동생과 눈에 들어오는 별을 세며
별자리 공부한다
저건 은하수 저건 북두칠성 순간 별 하나가
찍 줄 긋고 떨어졌다
그것이 어디로 떨어졌을까
별자리 공부 끝.

# 엄마는 지금도

수수 한 말, 콩 한 말
머리에 이고 안성 오일장
장날마다 가셨던 엄마
장돌뱅이라 소문이 났다네

이웃집에서 심부름 부탁
치부책도 없어 머릿속은 늘 복잡했다
농사일에 지칠까 봐
아버지는 엄마를 장돌뱅이로 만드셨다

엄마는 영화 한 편 보셨다며
두 눈이 퉁퉁 부어 오셨다
'저 하늘에도 슬픔'이란 영화란다
엄마는 지금도
그 영화 기억하고 계실까.

## 나의 아버지

피란 시절 옥돌광산에 숨어 지내셨다
검은 막대기로 쑤셔놓은 동네 우물은
아버지의 눈물이요 흘린 땀이다

끼니때마다 아버지가
식사 후 한 숟가락 남기시면
동생은 눈치껏 잘 챙겨 먹었다
아버진 매일 검정 콩밥
한 그릇을 드시고 일터에 나가셨다

아버지는 나의 장엄한 산이었다
근엄하신 성격 내가 늘 바라보는
큰 바위였다
예순 넘어서도.

## 봄빛 같은 사랑

창호지 문틈으로 들어와
봄 내음을 코끝에 뿌려주던 날
입맛이 없어 굶던 아이

쿵더쿵쿵더쿵
돌절구에 넘쳐나는 활기
엄마의 사랑과 정성이
가득 담긴 쑥버무리
한 그릇
나를 소생 시킨 엄마 손맛이다

새싹들이 돋아나고
만물이 피어나는 봄
엄마의 깊은 사랑 그립다.

## 기다림

감나무 나뭇가지에
까치 두 마리가 울어댄다
엄마는 큰딸 산후조리를 해준다며
가신지 어언 두 달 서울에 계신다

이제나저제나 오려나
못난 장작을 연신 패던 아버지
허리를 펴면서 까치만 바라보신다
그 뒷모습이 애잔하게 느껴진다
냉수 한 그릇 벌컥벌컥 마시고
버스 다니는 신작로 길을
멀거니 바라보는 아버지
먼발치의 까치 두 마리
짝짓기 놀음만 하고 있다
속절없는 세월 까치는
아버지 애타는 마음 아는지 모르는지.

## 비에 젖은 그리움

늦은 가을비가 내리는 날
파란 비닐우산은
바람에 뒤집혀 찢어지고

학교에서 집에 오니
엄마는 봉당에서 부침개를 하고 계셨다
들판에 가신 줄 알았는데
옷이 젖은 설움이 순간 사라지고
아아 좋다
호박 넣어 부친 부침개
비 오는 날 기름 냄새는
엄마의 사랑 맛
그 맛이 최고였다
오늘따라 그때 맛이
속살거리며 다가온다.

# 아름다운 삶

언니와 둘이서
채소밭에서 기 싸움을 한다
내 가슴에 서운함과 미운 마음을
배추 한 포기에 담아
밭 가운데로 휙 던져버린다
응어리졌던 마음이 툭 하고
떨어져 나간 느낌이다
추억은 아름답다고 했던가
미웠던 감정은 다 삭여지고
바람처럼 헤어짐도
또 하나의 슬픔이 되었다
삶의 길은 고독하고 외롭다지만
곁에 있으니 얼마나 좋으랴
외로운 날 홀로
한적한 숲길을 걷다 보면
초록빛 자연이 날 꼭 안아준다
사랑과 이별은 삶의 일부분
그래도 사랑은 숭고하고 아름다운 것이다.

## 라면의 추억

아궁이에 불 때야만
밥을 지어 먹던 시절
불씨를 화로에 담아 석쇠를 얹고
찌개 끓여 먹었던 지난날이다

어느 날
석유풍로가 생겼다
불을 지필 때면 석유 냄새로
두통이 심했지만
어머니는 구불구불한 면을 냄비에 끓이면
국수도 아닌 것이 냄새가 구수했다
먹고 싶은 생각에 어찌할 줄 몰랐다
서울서 공부하던
오빠가 방학 되어 내려오면
노란 냄비에 보글보글 끓인 라면
오빠만 먹으라 내어주셨다
후루룩후루룩
오빠만 혼자 먹었다
얄미운 오빠.

## 분홍주걱

어느 요가 반에서 독소를 빼주는
분홍주걱을 샀다
몸을 이곳저곳 두들기고 문지르니
독소가 빠졌는지 아리다
내 몸은 시퍼렇게 수채화를 그려놓았다
몸 곳곳마다 만신창이가 되었다

어머니도 독소를 빼주기 위해
살살 두드리고 문질러 주었다
아프다며 몸을 되돌리고는
어머닌 노발대발하신다
엄마의 호통은 독소보다
더 무섭게 느껴졌다
벽에 걸린 분홍주걱을 볼 때마다
한 번은 더 써봐야 하지 않을까
주걱은 엄마의 호통도 기억하고 있을 것이다.

## 아욱 된장국

엄마는 이른 새벽에 일어나
아욱을 넣고 된장국을 끓인다
아직도 엄마는
내 입맛을 기억하고 계신다

엄마의 모습만 보아도
내 마음은 애잔하기만 한데
나를 위해 손수 아침밥을 준비한
그 사랑 어찌 갚을 수 있으랴

나는 모르는 척 이불속에서
뒤척이고 있다
혼자 살아가시는 울 엄마
오늘 따끈한 아침 밥상은
엄마의 사랑이 듬뿍 담겨 있다.

# 3부
# 행복한 순간마다

## 고라니의 죽음

이른 아침 고라니 한 마리
어쩌다 아카시아 꽃잎을 덮고
도로 위에 잠들게 되었을까
낯선 도시 차도에 고라니가
차에 부딪혀 잠들어 있다

길가에 뿌려진 아카시아 꽃잎
바람에 날려 춤을 추고
꽃잎은 날려서 고라니를 덮기 시작한다
선혈이 낭자한 고라니의 모습 안타깝다
봄바람은 하얀 꽃잎 한 무더기
꽃향기 그 위에 뿌려지고 지나간다.

## 홍도 바다

초록빛 물결
넘실거리는 홍도 앞바다
파란 하늘을 담아보자

하얀 보자기에
곱게 싸서 꼬옥 묶어 두자
가리비 미역 김
슬그머니 튀어나올 것 같다.

## 시집詩集 선물

함박눈이 펑펑 내리던 날
오빠가
따뜻한 아랫목에서
이불을 펼치더니 책 두 권을 꺼낸다

김유정의 봄봄, 이효석의 메밀꽃 필 무렵
비닐로 코팅한 두꺼운 책
무뚝뚝한 오빠가 내게 건넨 선물이다

객지에서 짠돌이 생활하며
고학으로 유학 생활을 하던 오빠
나는 책 두 권을 책표지가 닳도록
읽고 또 읽으며
내 안에 시詩 씨앗을 품었다.

## 홍도 선착장에서

홍도 선착장 억센 사투리로
반겨주며 노점 할머니
술 한 잔 거하게 마셨는지
흥에 겨운 듯 '홍도야 울지마라'
노랫소리 귓가에 맴돈다
바다 위에 떠 있던
햇빛은 석양에 녹아들고 있다

저 멀리 언덕배기 홀로 앉아있는 여인
하염없이 바다를 바라보고 있다
무슨 사연이 있을까
홍도는 말한다, 고달픈 인생사
무거운 짐 다 내려놓고 쉬었다 가라며
짙푸른 파도가 말해준다.

## 하루 일상

일 마치고 집에 오면 엉덩이
붙이고 티브이 앞에 앉는다
냉장고에서 이것저것 꺼내
허겁지겁 주린 배를 채운다

세상 부러울 게 없는 이 시간
세상은 다 내 것이 된 기분이다

카톡 카톡
친구의 부름이다
산에 가자며 20분 후
친구가 날 부른다
산이 날 부르고 있다

산행을 마치니
해는 서산 나뭇가지에 걸려있다
아까운 시간.

## 커피 한 잔

창문을 열면 눈부신 햇살
내 가슴에 와락 안겨 왔다
베란다 꽃들이 기지개를 켠다
나만의 여유로운 시간
커피를 마셔볼까
향기로운 아메리카노 커피
오오!
이 맛이란

나는 지금 햇살 비치는
창가에 앉아
우아하게 커피를 마시고 있다.

# 노적봉

안산 초입에 들어서면
노적봉이 우뚝 서 있다
샛길을 걷다 보면 건강을 지키려
동네 사람들 발걸음이 분주하다
서로 이유는 다르지만
노적봉은 평안히 품을 내준다
우리는 속내의 숨은 뜻을
알지 못한 채 정상에 오르곤 한다
숲길 사이 청정한 공기를 마시며
오늘도 산의 정기를 받아
시 한 편 써보고 싶다
노적봉은 많은 이의 사랑받는 숲길이다.

## 이층집

우리 동네
새로 개업한 2층 추어탕집
뚝배기 보글보글 구수한 냄비
정갈한 반찬 돌솥 밥의 숭늉
입은 연신 즐겁기만 하다

내 어린 시절
어머니는 뒤뜰에 호롱불 밝히고
화덕 불에 된장, 시래기 넣고
끓여 주셨던 그 맛과 같다.

## 꿈 해몽

새벽녘에 꿈을 꿨다
눈이 부시도록 하얀 털숭이
눈망울이 초롱초롱한 녀석
예쁜 강아지가 너무 예뻤다
나를 빤히 바라보던 꿈이다

내 품에 안아보지 못하고
눈을 떠버린
아, 태몽은 아닐 테고
올해는 그 무엇인지 몰라도
좋은 일이 생길 것 같다는 느낌
바라던 소망이 이뤄질까
새해부터 나는 자유다.

## 고흐의 해바라기

작열하는 뙤약볕에서
광란의 춤추는 여인이여
쓰라린 이별 고통에 몸부림친다
찢어질듯 한 가슴
내뿜는 입김마다
꽃잎은 찢기어 떨어지고
노랗게 물들었던 연둣빛 사랑
홀짝홀짝 마시는 쓴술
어여쁜 청춘은 떠나갔구나
민얼굴 황토색 분칠하고
또다시 태양은 떠오른다
여기 화랑에 서 있는 여인이여.

# 안개꽃 여인

커튼을 열고 밖을 내려다본다
113동 아파트
하얀 조각구름 아래
앙상한 나뭇가지마다
불빛 소리에 비틀거리며 깬다
5시 30분
거실 안을 돌아보며
내가 서 있음을 알았다

베란다에 놓았던 안개꽃 피었다
하얀 꽃
나는 안개꽃을 닮은 여인이어라.

## 어느 카페에서

40년 지기 우정
피아노 기타연주도 잘하는
부러웠던 친구다
시 낭송으로 내 재능을 함께했던 시간
내가 자주 들렸던 카페는
창밖 저수지 위에 하얀 눈이
아직도 쌓여 있다
아메리카노 한잔을 들고
짙은 커피 향이 찻잔에 일렁인다
지난 시절 우정이 녹아든
화사한 커피의 맛
그 맛은 세월의 향기와 어우러져
아름답게 내 곁에 머물러 있다.

## 잠시만요

스산한 가을바람은 흰 눈도
멈추게 했다
앙상한 가지 끝에 매달렸던
바싹 마른 이파리
어둠이 내릴 즈음
녹차 라떼를 마신 후
차창에 널브러져 있었다
옆에서 힐끔 훔쳐본 순간
곱게 물든 얼굴
움츠린 어깰 따스하게 녹여준다
덜커덩
가슴 한쪽의 울림은.

## 나를 닮은 詩

시를 쓰라는데
시를 어떻게 써야 할지
써놓은 글도
내밀기가 부끄럽다
신체 일부인 듯
노출이 부끄러워
고개를 들 수가 없다
누군가에게 겸손도 미덕도 아닌
그러나 나를 닮은 글을 써본다
자신에게 표현할 수 있는
여유는 언제쯤일까?
지금 시인의 길에서
나와 씨름하며 다투고 있다.

## 시인다운 시인

깊은 숲속에서 허우적거리며
방향을 잃은 듯 가슴에
구멍이 생겨 허전합니다

시를 쓰지 않으면 갈급해 견딜 수
없는 필연
담금질해서라도
시인다운 시인이 되고 싶습니다
글을 쓰지 못하니
죽은 목숨과 다를 바 없지요
시를 쓰기 위해
시인의 마음을 찾고자
자아 성찰을 해봅니다
시를 쓸 수만 있다면 찬 공기가
내 얼굴을 베어갈지라도
나는 시를 쓰렵니다.

## 시인의 길

시상詩想을 창조하는 그들
세상 다툼이 낯설다
중재조차 거부한 소음
고상한 글씨로 정직한 인성이
아름다운 글로 담겨야 한다
정제된 시를 담기 위해
나만의 도자기를 준비해 두자
부단한 노력은 정신 수양도
맑은 인격도 젊음도 가득
도자기에 담아 세상에
도도하게 뿌려 놓으리라.

# 한마디 글

아파트 엘리베이터
새것으로 교체한 후
쿵쾅 드르륵 덜컹
층마다 무서운 소리가 들린다
출근길 갇혀
꼼짝도 못 할까 하는 두려움
그러한 문제를 한마디 써놓는다
'엘리베이터 업체 선정 잘 못했음
신중하게 처리 바람'
머리끝까지 화도 났지만
점잖게 말할 수밖에
난 시인이니까!

## 불을 댕겨라

국회의원 공천 명단에 없다고
길 가운데서 분신자살한다는
사람아 인생이 만만하더냐?
죽고 싶음 라이터를 켜라
불을 댕겨봐라, 너의 모습 화려하게
불꽃놀이 축제가 될 것이다
죽고 싶으면 그래야지
배부른 자여 금수저로 살아왔고
잘 살았으니 이젠 욕심내지 말아라
폐지 줍고 일당제로 살아봤냐?
빚에 쫓겨 숨어서 살아봤냐?
그날그날 끼니를 걱정 해봤느냐?
쪽방 촌에 살아가는 우리의 마음을
알고나 있느냐
그래도 공천 명단 탓할 거면
이젠
죽어라 불을 댕겨라.

## 불청객

적당히 추운 어스름한 저녁
지하 계단을 내딛는다
빈 창고의 묵은 공기
스멀스멀 코끝에 닿는다
넓은 창고 안에 보물들
아직 자리를 잡지 못한 채
여기저기 덩그러니 놓여 있다
진가조차 계산되지 않은
널려 있는 소품들
그들은 말할 것이다

차라리 자존심에 눈을 감자
날개를 접고 숨을 쉬지 말자
귀한 몸값을 받을 때
우아하게 자랑하고 싶었는데
민낯이 부끄러운 그들은 준비되지 않음이
내 탓인양 강하게 나를 거부한다
심장을 단단히 빗장 걸고 두리번거리는
방문객을 못마땅한 듯 눈치를 주니
등 떠밀려 계단에 오를 수밖에
후우
문 앞에서 기다리는 차가운 공기는
내 얼굴을 톡톡 토닥여 준다.

## 가면을 쓴 붕어빵

비릿한 냄새를 풍기는 붕어
가까이하기에 부담되어서
멀리했던 너였다
어느 날
가면을 쓴 붕어빵으로
명명하고 돌아왔다
냄새 또한 달콤하니 손길이 갔다
꼬리를 잡고 덥석 물으니
팥이 가득 채워져 입맛이 돋았다
신비로운 맛을 느끼게 해준
붕어빵으로 나에게 돌아와 줘서 고맙다.

## 농막 풍경

풍산개 누렁이가 짖는 소리
한적했던 농막이 들썩인다
밤손님 고라니 오소리 놀라 도망치고
들고양이 으악 오줌 지린다
불빛 밝히고
옥수수 고구마밭 둘러보니
들깨밭 길 툭툭치며 인기척 내준다
농막 안 불판에 옥수수 감자 익어가고
티브이에선 아홉시 뉴스가 흘러나온다

시끄럽던 산속 조용해질 때
낯선 공기는 대들보에 내려놓고
감자 옥수수 먹는 소리
두런두런 이야기 나눈다
창문에 불빛이 평화로운 고향 집.

## 도서관에서

책꽂이에 꽂힌 많은 책
누가 쓴 책일까
지식 지혜 산물이 응집된
보물들
한 권의 책으로
또 다른 이름으로 얼굴을 내민다

나도 그래 봤으면 좋겠다

아들의 권유로
무언의 약속으로 찾아왔다
과묵한 도서관은
어리숙한 나를 불안하게 바라본다
즐비하게 서 있는 책들
미심쩍은 시선으로
그냥 바라만 보고 있다.

## 산책길

이슬이 마르지 않은 오솔길
작은 꽃들이 피어 있고
새로운 싹들 땅 냄새에 취해
바짝 엎드린 모습이 귀엽다

세찬 빗줄기
쨍쨍한 햇살 피해 숨어있다
얼굴 뾰롯이 내밀고
꿈틀대는 새싹들이 사랑스럽다

늦가을 들풀처럼
진한 생명력을 호흡하며
초록 향수에 잠기고 싶다.

## 행복한 순간마다

커피 한잔을 들고
호숫가 둘레길을 걷는다
햇빛도 평화로운 오후
그녀와 발을 맞춰 걷는 길
주제 없는 이야기가 끝없이 이어간다

살아온 삶이 다를지라도
네가 내 이야기를 들을 수 있어 좋다
나 또한
너의 이야기를 들을 수 있어 행복하다

그녀와 같이 있는 시간
너여서 좋았다
늘 내 곁에 머물러 주렴.

# 4부

# 사랑의 조각들

# 홀로 남는다는 것은

저들은 동반자 있어 웃고 떠들어도
새벽에 쫑알쫑알 부부싸움 할지라도
그것마저 부러움 느낀다면 좋겠다

컴컴한 어둠 속 혼자 걸어가도
누군가 지켜줄 동반자 있다면
그 발걸음도 당당함이 묻어 있다

차가운 날 손 잡고 옷깃 부딪히며
다정한 부부의 모습이 부럽다
그런 사랑이 느껴진다면 행여
고개 돌리지 말기를

내가 가야 할 길은 인내다
소심하게 움츠리지 말고
위풍당당 가던 길 가는 일이다
산다는 것은 시한부로 한발 한발
가고 있는 것이니 여유를 부려보자
투정은 그만, 멋지게 살아보자.

## 파란 잔디밭에 누워

하얀 뭉게구름
가을날에 흠뻑 취한 듯 춤을 춘다
40여 년 전 혈연관계가 단절된
보육원에서 세상 중심으로
삶의 한 자락을 깔아 놓았다

한낮 태양 한 조각도
세상 밖에서 겉돌고 있었다
역사의 한 페이지
그녀와 나는 새 역사
만들어 가는 주인공이었다
칙칙한 사회 그러나
둘은 꿈 많은 소녀였고
가슴엔 항상 낭만 있어 행복했었다

테니스 운동한 후
서로 어깨를 기댄 채 꿈을 그리며
그런 단단했던 약속이 새롭다
우리는 잔디밭에 누워
엉덩이를 비벼가며 서로 의지했다
보고 싶은 그녀 언제 볼 수 있을까
친구가 그립다.

## 나팔꽃 사랑

여름날
모래 먼지가 바람 타고 오더니
따사로운 햇빛이 나를 비출 때
그대는
거친 숨소리 들려주고 떠났습니다

자전거를 탈 때면
세월을 밟고 내 달릴 때
그대도 나와 함께 달렸지요
길옆 나팔꽃이 화사하게 피던 날
사진 한 장 남기고
저 먼 곳으로 떠났습니다

지금 언덕길에 핀 나팔꽃
그대는
나팔꽃처럼 홀연히 서 있었습니다.

## 남한강 구름 그리듯

높고 푸른 가을 하늘
따가운 햇빛은 속살을 태우는데
붉은 물을 토해내듯 적토마와 같다
수평선 넘어 황토 돛배가
뭉게구름을 그려놓고 있다

허허로운 내 마음 도도한
남한강에 내던지고 싶다
두 시선은
다정히 손잡고 거니는
연인들을 기웃거리고 있다.

## 바람결 먼지처럼

두 시간을 숨차게 걸어도
가슴속 안개는 벗겨지지 않는다
산길을 돌고
꽃을 보며 마음을 비춰봐도
있는 듯 없는 듯
홀로 버티며 잘 살아왔다
바람결에 실려 보내려 했지만
먼지처럼 수북하게 쌓여만 간다
정이란 것이
아직도
내 가슴에 쌓인게 있었는가보다.

# 그믐달

창백한 달빛이 저 산마루 걸려 있다
아직도
사랑을 못 이룬 여인처럼 주춤거리며
쉬이 잠을 못 이루고 있다

소식도 없는 내 님의 기다림이라면
절실한 사랑은 아니었지
다시 오지 않을 것이기에
못난 달빛만 바라본다

행여나
그 자태가 서늘해 보여
뒤돌아 갈까
두 눈을 지그시 감아본다.

## 마지막 대화

토요일 저녁 7시경
그 사람에게서 전화가 왔다
'내일모레 갈게 약이 떨어졌어'
나는 반가운 마음에 들떴다
그가 좋아하는 칼국수
버섯을 넣고 된장국 해줄까
마음은 방방 뛰고

그러나
그 사람은 약속을 지키지 못했다
저 먼 곳
나도 모르는 곳으로
여행을 떠났다
오늘은 그가 매우 보고 싶어진다.

## 낯선 사랑

틈틈이 모아 두었던
추억의 그리움 만지작 거려본다

한 지붕 아래 살았던
ROTC 대학생
삐딱한 모자가 어울렸던
멋진 오빠였다

출근길에 마주친 오빠
나는 부끄러워 외면한 채
빠른 발걸음을 옮겼다
언제나 웃음을 띤 얼굴
지금 생각해 보니
내 맘속에 간직한
낯선 사랑이었나보다.

## 등대의 불빛

헐벗은 나뭇가지 사이로
숨었던 바람은 운명처럼
틈사이로 떠밀려 들어오고 있다
마치 파도에 밀려 섬이 변한 듯

감정의 선은 내 가슴에
생채기를 남긴 채
어두운 밤하늘에 불빛만 비추고 있다
내 소중했던 시간
진실을 담은 저 파도 소리
물밑처럼 밀려온다
어느 날
하늘의 별빛 하나
뚝 떨어져 내 가슴에 안긴다.

# 사랑은 사치가 아니다

사랑이란 걸 해볼 수 있을까
사랑이 나를 찾아와 준다면
내게도
사랑은 사치가 아니었으면 싶다

맛있는 음식도 마음 가는 대로
자연을 바라보며 같이
공감하는 시적인 감성이
그도 실려 있다면 좋겠다

내가 아는 것보다
모르는 것이 많을지라도
다독여 주는 사람
그윽한 그대 음성이 내 곁에
머물러 준다면
나는 그대 곁에
님의 그늘에 한숨 잠들고 싶다.

## 가을날의 독백

오늘처럼 유난히 하늘 높고 푸른 날
하얀 구름 뭉게뭉게 피어오르면
가슴 한 켠 시리고 아파오니 좋을리 없지요
여행을 좋아하니 함께 여행을 다니던 날
하늘은 높고 푸르렀고 아름다웠지요
그러나
이제 그이와 여행을 떠날 수 없어
내 가슴에 그리움만 남았습니다
가을 녘 파란 하늘을 볼 때마다
그대가 무척이나 보고 싶어집니다
난
이런 가을날이 싫습니다
혼자라서.

## 눈 내리는 거리

황량한 거리
빈 나뭇가지에 여우같은
하얀 눈이 내린다
오늘처럼
내 몸을 태워 그 뜨거운
열기로 그리운 너를 부르고 싶다

빈 나무 끝에 걸린
달그림자 밤새 몸을
태웠는지 아직도 뜨거운
열기가 먼발치에서도 느껴진다
너는 눈 내리는 거리를 걸어 보았느냐
혼자서 둘이서 해 저무는
저 비탈진 골목길을

너와 내가
머물던 곳이 아니더냐
하얀 눈이 온통
거리를 하얗게 덮고 있다
그 뜨거운 열기로 소복하게.

## 춤추는 바다

비 오는 날
술렁거리는 거리
사람들 틈에 혼자 있는 듯하다
비를 맞으며 바다로 향한다
수평선 너머에 무엇이 있을까
먹장구름은 하늘 가득히 쌓여 있고
빗줄기는 더 거세게 내려친다
언제쯤 태양이 떠오를까?
나는 철썩이는 파도를
먼발치에서 바라다본다
바다 가운데 돛단배 춤을 추고 있다
아!
내가 춤을 추고 있는 것 같다.

## 접촉사고

사무친 그리움의 내 신부
하얀색 자동차다
만나자 쓰다듬고 기뻐했지
초롱초롱한 눈망울 굴리며
너를 볼 때면 가슴 설렜지
데이트 가는 날 한껏 치장하고
외출한 날
하얀 드레스에 얼룩이 묻고
나를 외면한 누군가의 입맛춤
쿵
이젠 초롱한 눈망울도 아니야
나를 바라보지마.

## 그 섬에 가고 싶다

승봉도
어느 여름날
그 사람과 바다와 노래를 떠올려 본다
철썩철썩 쏴아
빈 물결 부서지는 파도
그의 목소리 그리워진다
파도 속에는 그의 음성이 실려 있었다

"몬난아 거긴 가지마래이"

뜨거운 태양 아래 둘이 우산을 쓰고
이쁜 조개와 돌을 주어도
"몬난아 너 같다"
그 섬엔 언제나 그의 음성이 있고
따스한 숨결과 사랑이 있었다

그대와 새벽 동트는 모랫길을 걷고 싶었고
밀려오는 파도를 두 팔 벌려
그의 사랑에 안기고 싶다
우리 둘의 추억이 담긴 여름에는 바닷가
승봉도
그 섬에 꼭 가고 싶어진다.

## 십자가 그늘

그대는
억만년 세월이 흐르는 동안
어느 별에서 살았던가요
신부님 하려다 나와 맺고 싶어
목사가 되겠다고 언약했던 사람
이제는 기억도 퇴색되어
잊혀져갈 때쯤 머리는 허옇고
배불뚝인 목사님으로
같은 별에서 있었다고요
살아 있어 줘서 고맙다며 덥석 안아본다
가슴은 쿵쿵 아름다웠던 그 시절도
저만큼 흘러 잡을 수 없는 세월아
무기력하게 주저앉은 청춘들
무딘 갈증은 무겁게 흘러가네
모든 기억은 십자가 아래 내려놓고
하나님의 종으로.

# 그리운 친구여

바람도 스치고 지나가는 산허리
봄은 나른한 계절이다
노랗게 핀 생강나무 졸고 있는 듯
지난날을 회상하니
가난을 등지고 살았던 시절
생강나무가 이야기를 해준다
안개 속의 친구들이여
이렇게 맑은 봄날이면
그 시절이 그립다
아직도 어느 곳에 살고 있는지
가끔 친구들이 보고 싶다.

## 엉겅퀴

청초한 보랏빛 엉겅퀴
줄기마다 가시 가득 물고서
어서어서 나를 오라 한다

하늘 향해 굳은 의지
불태우는 너는
풋풋한 청춘이 아니던가
수줍은 듯 내밀던 손
환한 웃음
앙큼한 가시가 네 한 몸
숨겨 놓을 줄이야.

## 3일간의 여행

그이는 가을을 좋아했다
가을에 결혼해서
촌놈이 서울 구경도 하고
마치 내가 연속극 주인공이니 좋았다

틀에 맞춰 살다 보니 주눅이 들었고
아들은 최고의 선물이었다
결혼기념일은 외식이 전부였고
그렇게 사는 것에 익숙해졌다

팔월이면 섬으로의 휴가를 떠나는 여행길
새로운 풍경을 즐기는 행복은
내 삶의 청량제였다

'내년에 또 오자'

그러나 여행을 다시 갈 수 없게 됐다
그이가 하늘나라로 먼 여행을 떠났다
내 삶에 3일의 여행은
처음이자 마지막 여행이었다
그의 목소리가 귓가에 맴도는 듯하다
그가 없는 세상
그는 나의 유일한 내 편이었다는 사실
이제야 깨달았다.

## 나팔꽃처럼

겨울밤이
슬그머니 지나치듯 주춤거린다
머릿속은 곁잠이 든 것처럼
잠은 오지 않고
팝송을 속울음으로 불러본다
여우같은 계집
쉽게 잠자리에 들 수 없어
쭈뼛거리는 머리털이 곤두서 있다
덮은 이불은 내동댕이쳐지고
아침에 피었다 접히는 나팔꽃처럼
내 몸뚱어리는 후줄근하다
허름한 나신을 힐끔거리며
더듬어보니 노망난 세월이 나를
제멋대로 주물러 놓았다

박제처럼 기나긴 밤
침묵은 소리 없는 아우성
허기진 내 영혼 고독한 채
그 시절 풋풋한 청춘을 불러본다
얼굴 맞대고 빵조차 먹을 수 없었던
수줍은 청춘아
오늘 밤은 사치스러운 이야기를 나누자
일기장엔 깨알 같은 글씨를 적어본다
여명이 피어오를 때까지.

## 단세포적인 사람

웃음기가 없고 강인한 두 눈은
그 무엇을 말하듯 여운이 있다
남모르는 상처가 있어도
사람에게 위로받는 것을
더 좋아하는 사람
틈새가 생긴 가슴에
아픔도 감추는 사람
손가락에 변형이 왔어도
일해서 생긴 훈장이라며 훌훌 털고
일에 중독된 사람
몸이 아프면 한 보따리 약이
자신을 지켜줄 것이라고 믿는 사람
머리 쓰는 일이 제일 싫다는
단세포적인 사람
그 사람은 어느 길을 가든
자신을 끌어안고
인생 철학을 소중히 여기는
그런 사람이다.

## 냉이꽃

벚꽃이 꽃비가 되어
하늘을 수놓으며 날린다
이팝나무도 하얀 꽃송이가
줄지어
소담스럽게 피어 있다

지천에 깔려있는 냉이꽃
수줍게 피어 있건만
보아주는 이가 없는 듯하다
가냘픈 줄기마다
바람결에 살랑거리며
홀로 흔들거리고 있다
생명력이 질긴 꽃
냉이꽃
나를 닮아있다.

# 5부

# 그래도 살아간다

## 행복한 여인

한적한 산기슭에 집을 짓고
자연을 즐기는 여자가 되고 싶다
농막 한 채 지어 놓고
글을 쓰며
별처럼 한가롭게 살고 싶다
창 너머에 텃밭을 만들어
배추 무 오이를 심고 싶다
자갈밭 끝에는
감나무 한 그루 사과나무 두 그루
붉은 가을을 느끼고 싶다
길가 해바라기 코스모스 한들거리며
나만의 정원
오갈 때 반겨줄 울타리를 만들고 싶다

캄캄한 밤이면
반짝반짝 빛나는 별을 보며
별과 이야기하고 둥근 달 뜨면
그 달빛 아래 둥근달의 친구가 되련다

하늘 아래 이보다 더
행복한 여인은 없을 것이다.

## 하나님의 숙제

요양원 오시는 할머니들
어떤 분은 자식 부담 안 주려 오시고
어떤 이는 삶에 순응하며
생을 연장하러 오신다

어떤 이는 집에 가겠다고 원망을 한다
가족들은 맛있는 간식으로 마음을
다독여 주고 가신다
그러나
이미 놓여진 현실은 요양원
그 누굴 탓하랴
하나님의 숙제가 해결되는 날
그들의 행동
인생길 측정해도 될 일인 것을.

## 침묵의 긴 그림자

혼자 걷는다
내 곁에 아무도 없다고
외톨이라 부르지 마라
내 곁에 소통 안 되는 사람
그 누가 있은들 더 외로운 것이다
가끔 혼자 걷고 싶을 때
아름드리나무가 친구이고
우거진 잡풀이 날 알아준다

사색의 깊이는 우물처럼 깊고
늘 나는 자유를 갈망하는 여인
해서 혼자 걷는다고 외톨이는 아니다
침묵의 긴 그림자처럼
삶의 열정은 혼자만 느껴지는 희열
봄은 내 마음에 비집고 들어와
두 어깨를 토닥여 준다.

## 문득

억새가 휘날리는 들판에
혼자 우두커니 서 있다
하늘 모퉁이 그리움은
조각달처럼 떠 있다

하얀 뭉게구름은
바람 따라 흘러가고
하염없이 바라보는
두 눈가에
눈물이 서린다.

## 겨울나무

옷을 입기 좋아하는 나무 한 그루
연초록 잎새가 기지개 켜더니
어느새 진녹색으로 변했다

어느덧
가을바람은 잎새 마다 울긋불긋
색동옷으로 치장하게 만들었다

갈바람이 스치고 떠나면
뭇 서리 내리면 앙상한 가지마다
곱던 옷도 벗어버린 나무
마치 내 모습 닮아있다.

## 애국가

3.1절 날
요양원에서 태극기를 만들었다
나무젓가락에 붙인 태극기를 흔들며
당연히 애국가를 부를 줄 알았다
그러나
98세 똑똑한 할머니는 태극기를 흔들며
일본 노래를 힘차게 불러댄다
또박또박
정확하고 힘차게 두 곡을

일본서
초등학교 2학년까지 다녔단다
무심한 세월아
3.1절이 무엇인지.

## 노랑머리

반짝거리며
빛나는 눈빛이 수상스럽다
온순하던 눈빛은 간데없고
히죽 웃는 웃음조차 아련하게 보인다

금발 머리 탄생은
그렇게 만들어졌다
장갑 낀 손으로 변을 만졌기 때문에
골고루 이쁘게 도배된 머릿결이다

흰머리가 노랑머리로 염색이 돼버린
할머니는 대단한 미용기술사
그녀는 지금 치매를 앓고 있다.

# 목마름

나는 가끔 나를 찾기 위해
산에 오른다
청량한 공기 우뚝 선 나무들
아래부터 끝까지 천천히 바라본다
내 마음에 닿는 데까지

산새들 노랫소리
산토끼 잡힐 듯 도망치고
마른 잎새는 목마른 듯
사각거리며
바람에 흔들린다

산은 너그럽게 살라 한다
실바람은 내 어깨 만져주며
다정하게 속삭인다
너는 아직도 멋진 여자라며.

## 가을낙엽

이젠 돌아가는구나
숨소리조차 버석거리며
가을 타는 냄새
부드러운 낙조는 피곤했는지
희석되어 감싸 안고 떨어지고 있다

집시여인처럼 홍조 띤 얼굴
처연히 버림받는다
바람에 불려 다니다 찢기고 밟히고
마냥 아파서 울고
서러워서 운다
산책길에 나선 여인은
살포시 낙엽을 줍는다

고즈넉한 저녁
국화차를 마시며
문살에 새겨진 낙엽을 바라본다.

## 내 그림자

한세상 살다 보니 고달픈 일상
금광저수지 호숫가에 누워본다
파란 하늘을 하염없이
바라볼 때도 있었다
물결 위에 늘어진 수양버들
새들은 한가롭게 놀고 있다

푸드득 새들이 짝 짓기할 때
나는 모르는 척 딴 곳에 눈을 돌린다
철썩거리는 나룻배는
마치 나를 닮은 듯하다

출렁이는 물결
석양빛은 한 자락
내 그림자 새겨 놓았다
그렇게
언젠가는 그이 곁에 가야 할 것 같다
내 몸은 물에 잠긴 나룻배처럼.

## 들국화 향기

들판에는 작고 이름 모를
들풀이 기력을 잃고 추위에
오들오들 떨며 숨으려 한다
하얀 들국화도 힘에 부친 듯
반갑게 눈인사를 건넨다

고고한 자태 들국화
향긋한 미소로 꽃을 피웠다
고운 마음씨 사랑스러워
손끝으로 살짝 만져 본다

서릿발이 지나면 내면의 향기
더욱 짙어질 때
유리병에 리본을 달아놓고 활짝 웃고 있다
나 그대 향기가 그리워질 때면
따끈한 들국화 차를 마셔보련다.

## 모닥불처럼

권태기 덩어리가 가슴을 조여올 때
모닥불처럼 끝없는 타오름은
내 안에 자유를 누리고 싶음이다

담배를 피울 수 있다면 어떤 맛일까
가끔 실없는 생각을 해본다
뿌연 연기로 달걀을 만들고
커다란 우주를 만들면
그 안에 나를 가두고 싶기 때문이다

도서관 모퉁이에 앉아
이름 모를 책을 펼쳐놓고
실없이 책장을 넘기며
검은 글씨토막
문득 눈에 들어왔다
연무처럼 흐려진 시야
넌 누구니.

## 삶의 무게

인생살이 버거워 버틴 세월
철새처럼 떠나려 해도
자식에 밟혀 숨죽여 살았던 세월
온화했던 가슴은 퍼렇게 멍이 들었을까
이제야 고달팠던 삶의 무게
내려놓으려 할 때
침상에 누워 있는 여인
기억은 하얗게 퇴색되고
보조개 짙은 선한 웃음이 해맑다
딸이 주스 한 컵 드린 날
'뉘시유 복받게 시유'
딸은 서럽게 울고있다
히죽 웃는 그녀
참으로 평화로운 삶을 살고 있다.

## 마지막 정거장

밤사이 함박눈이 내렸다
그렇다면 의식 있는 나는
먹을 것을 챙기며
나무껍질 같은 손등에
핸드크림을 바르고
터벅거리는 등산화를 신는다

저 지구의 끝까지라도
갈 수 있을 것 같은 여행길
화려한 외출을 준비한다
버스에 올라타는 순간
아무것도 알려고 하지 말란다
나를 찾지도 말며
내 오만한 몸무게는
덜컹거리는 버스에 싣고
미지의 정거장에 내려놓는다

차창 밖에는
하얀 눈이 펑펑 내리고
내 마음에 빗장 치는 순간
어디론가 떠나고 싶어진다.

## 자화상

늦은 밤 우연히 들여다본 거울
나 모르는 여인이 나를 바라본다
누구일까
사뭇 깜짝 놀랐다
형광등이 졸리니
내 눈도 졸고 있는 것일까
널따란 얼굴 두 눈은 쑥 들어갔고
이마엔 굵은 주름 곱슬 파마
아 누구의 얼굴인가
거울을 내려놓고 곁눈으로
언뜻 보니 그녀의 도톰한 입술은
아직도 매력적이다
시간이 모르고 지나친 세월
그래도
나는 이대로가 좋다.

## 인생의 뒤안길로

떼구름이 어슬렁거리더니
요양원 창문을 타고 들어왔다
TV를 보고 계시던 할아버지
눈빛이 달라졌다
그 날카로운 눈빛은
그녀의 머리채 잡고 흔들어 댄다
가족들의 외면으로 인한 분노가
차곡차곡 쌓여 있을 것이다
살고 싶지 않은 인생
그러나 살아 숨 쉬는 할아버지
삶의 뒤안길에
이곳에 요양원에 있는 처지가
비애로 가득 차 있으리라
그것도 남 탓 요양사에게
화풀이한 것은 콧줄로 영양분을
받아먹어야 살아가는 처지

나는 말한다
인생길 다 그렇고 그런 것이라고.

## 나무토막

나의 삶이 60을 들어서 보니
그동안 부대끼고 살아온
나무토막 같은 인생이었다
둔탁한 소낙비를 맞는 것처럼
가슴에 문득
벽 안에 갇혀있는 느낌
어느 날부터
내 심장은 퇴적층처럼 쌓이고.

# 내 청춘은

내 청춘은
바닷가 모래알처럼 서걱서걱
헌책처럼 사그럭 부서지는 느낌이다
그러나
기다리던 봄은 내 곁에 왔다

시냇가
버들강아지 보들보들
막혔던 가슴이 뻥 뚫린 것 같다
시방 몇 줄 시심詩心의 부드러움
얼마나 좋으냐
내 청춘 어디에 있을까
봄이 춤추듯
나도 나풀나풀 춤을 추고 있다.

## 노인의 독백

신의 장난으로 빚어지고
태어난 몸이어라
남루하게 육체는 병들어가고
이젠 살아 있을 날이 얼마나 되려나
먹장구름처럼 암울하기만 세월
주체할 수 없는 육체는
짐짝처럼 내버려 지고 있다

진정 신이 살아 계신다면
이 한 몸
아름다움이 조금이라도
남아 있을 때 불러주소서

어둠 지나고 새벽이 오면
잊었던 기억 잠시라도 돌아와
살아 있음을
환한 웃음으로 사는 여유를 주소서
소풍 끝나는 날 당당하게
저 하늘나라 갈 수 있게 해주소서.

## 생각이라는 자유

사람은
존재하기에 깊은 생각은 이어지고
고상한 번민을 거듭할 수 있기에
"사랑했으므로 행복하였네"라는
시인처럼 읊조릴 수 있는 특별함이 있다

풀섶에서 모이 줍는 참새 떼도
개여울에 노니는 송사리 떼까지
그들에게도 생각이 존재할까

만물의 영장인 인간에게만 주어진 행복
그 선물은 사람에게만 부여받음이다

인간의 머릿속은 지식이 퇴적층처럼
쌓여가고 형상화된 물체를
현실로 보여지는 것이다

인생길 고통을 겪을지라도
사람은
신성한 존재라서 감수하라는 숙명
어느 철학자의 말처럼
내가 존재하기에 훨훨 날갯짓하며
자유롭게 날아보자
이 세상 마음껏 누리면서.

## 책에게

나는 책을 좋아한다
어떤 책이든
행복을 느끼게하고
때론 아픔도 느끼게 한다

네가 나의 마음속에
필요로 하는 모든 것
내 삶의 기본적인 양식까지
그 안에 감춰있기 때문이다
저 넓은 세상
너에게서 찾고 싶다

지혜와 겸손 그리고 나를
알게 하는 책속의 지식은
세상의 빛의 숨결로 다듬고 싶다.

## 인생길의 꿈

어떤 이는 사회에 저명한
인사로 남기를 바란다
명예직을 목에 걸고
바둥거리며 힘겹게 살아간다

병상에서도
인생을 마무리하겠다는 이도
허세에 갓을 쓰고 누워있다

그러나
인생이란
정도에 맞게 살아가는 것이다
그 말이 맞지

인생길 소풍 왔다 가는 순간
소중한 보물 하나 남길 일
내 인생길 잘 살아왔음이다
이 시집 한 권 남기니.

## 섬

바다 한가운데 우뚝
서 있는 섬은
바람이 불 때마다 물거품은
섬으로 모이기 시작한다

허기진 영혼
물결에 떠밀려
무감각의 소유자가 되고
거친 숨소리조차 사치라 여긴다

그 섬에는
나의 별이 숨어있다
손에 닿을 듯
그러나 섬은 무관심하게
버려진 채
떨어진 낙엽이 쌓이게 된다
밤새 조용히 신음하며.

전재희 첫 시집

# 서 평

## 호소력이 풍부한 작품세계

문학평론가 박가을

사람이 세상에 태어나 죽음에 이르기까지 못다 한 이야기가 참으로 많다. 하고 싶은 일도 많지만 할 수 없었기에 새로운 길을 모색하기도 한다.

우리 삶을 뒤돌아볼 때 기쁨도, 슬픔도 내 삶의 문제이고 헤아리기 어려운 문제일수록 여러 가지 감정에 짓눌리게 된다. 이처럼 사람이 살아가는 방법은 다양하다. 글을 쓴다는 그 자체만으로도 세상을 직시하는 혜안을 가지게 되는 것이며 해결할 수 있는 지혜를 발휘하게 된다.

우리 삶 속에 여러 가지 빛과 어둠을 경험한 토대가 시의 소재가 되고 주제가 되기도 한다. 세상을 밝게 보는 시야, 이는 아름다운 세상을 슬기롭게 살아가는 방법이니까. 우리는 보편적인 인생의 이야기를 솔직하고 담백하게 고백할 수 있는 시선으로 바라봐야 한다.

내가 꿈꿔온 세상은 아닐지라도 시인으로 세상을 바라보는 눈은 누군가 겪어온 삶을 다른 시각으로 표현하는 것이다.

그만큼 내가 경험한 삶의 모든 일은 성숙한 부분으로 자리를 잡고 있으며 단단한 마음으로 가족과 친구 이웃을 연결하는 인연을 통해 필수적인 인간관계를 형성해 간다.

나를 끊임없이 뒤돌아보고 앞만 보고 걸어가는 원동력이 바로 가족이 아닌가 싶다. 하나의 목표점은 새로운 전환점을 만들어 가는 것이며 창작을 통해 얻어지는 또 하나의 꿈을 완성해가는 일이다.

좋은 창작품은 그 무엇보다도 많은 습작과 다독을 통해서 걸작품을 탄생시킨다. 오랜 시간을 다듬고 정갈하게 만들어 가는 원천은 습작과 독서에서 그 힘의 원리가 작동하는 것이며 글을 요리하는 솜씨가 남다르게 느껴진다.

전재희 시인의 첫 시집 『가을날의 독백』은 집요할 만큼 자신을 돌아보며 노력한 만큼 세상을 바라보는 직관과 시적인 감흥 즉, 순수한 열정으로 창작한 결과물이다.

삶의 여정에서 나타나는 시적인 울림은 자연스럽고 때로는 둔탁해 보이지만 호소력이 풍부한 작품으로 평가된다. 이는 근본적인 표현력이 돋보이기 때문이다.

// 소나무 이파리 충이 먹고 있다 / 내 삶은 탐욕으로 화석화되었고 / 욕심의 무게는 천 냥 같다 / 어느 날인가 / 번갯불에 나뭇가지는 꺾어지고 새싹이 돋은 것을 알았다 / 나뭇가지에 파란 싹이 돋고 / 새 한 마리 날아와 작은 깃털 남길 때쯤 / 나도 세상을 향해 다시 깨어나리라 / 우물처럼 맑게 (작은 깃털. 전문)

시의 말은 비밀스러운 이야기나 난해한 생각의 표현일 수 있다. 하지만 시적인 표현은 세상과 소통하는 일이며 독자와 공감하는 일이다. 낱말 하나하나에 오묘한 뜻이 담겨 있으며 이해하기 쉬운 의미가 표현되고 있다.

/ 내 삶은 탐욕으로 화석이 되었고 / 욕심의 무게는 천 냥 같다 /

탐욕, 화석, 욕심. 무게, 천 냥 같다. 나를 직시하는 표현이 다채롭다. 우리 일상생활에서 일어나는 크고 작은 일에 대하여 현실적인 효용성을 말하고 있다.

살아가는 동안 바른 생각과 바른 마음가짐은 그 누구나 가지고 있는 원천이지만 이를 지키고 변하려는 생각은 쉽지 않다. 작가는 이러한 자신의 모습을 처절하리만큼 자각하는 고백을 하고 있다.

/ 어느 날인가 / 번갯불에 나뭇가지는 꺾어지고 / 새싹이 돋은 것을 알았다 /

물음에 답을 할 수 있음은 그만큼 내실 있는 삶을 살아가고 있음을 보여주고 있다.

우리는 고정관념에서 쉽게 빠져나오려 하지 않는다. 이는 그동안 내가 살아온 방식을 바꾸는 일이다. 작가는 어느 날 번갯불에 나뭇가지가 꺾이는 이미지 표현을 통해 잘못된 습관을 가감 없이 청산하고 있음을 보여준다. 자신의 경험을 숙성시켜 자신의 목소리를 내는 것처럼 강렬한 울림을 느끼게 한다.

// 돌벽 위 소나무 한그루 / 푸른 잎새 애잔하게 달려 있다 / 가슴을 벌려 산하를 감싸주고 있다 / 저 소나무처럼 영혼이 담긴 / 토테미즘 신앙이 아닐지라도 / 그 장엄한 표정 읽을 수 있다 / 노송은 말한다 / 나를 닮은 묘한 동질감이 느껴진다 / 꼭 안아본다 / 누가 저 소나무 숲길을 장애물이라 했던가 / 저 푸른 잎은 계절이 변

해도 / 변치 않는 우리의 삶 같아라 (푸른 소나무. 전문)

글쓰기는 내 마음속에 있는 그 무엇을 글로 표현하는 것이다. 글의 내용을 곱고 아름답게 표현한다 해서 좋은 작품은 아니다. 그렇다고 미사여구를 사용하지 말라는 뜻은 아니다. 좋은 글의 원리는 그 의미성이 중요하다. 시적인 발상을 자연의 모습을 통해 얻어지는 영감을 자연스럽게 표현하는 일이다.

/ 돌벽 위에 작은 소나무 한그루 / 푸른 잎새 애잔하게 달려있다 /

어찌 보면 위태롭게 보일지라도 그곳에 터를 잡고 있는 소나무는 생명을 유지하는 데는 아무런 지장이 없다. 가슴에 닿은 애처로움 그리고 안타까움이다. 이는 우리가 살아가는 모습이 아닐까 싶다.

시적인 발견은 감동을 통해 우리의 인간사와 흡사함을 보여주고 있다. 사람이 생활하는 모든 영역 그 자체가 목적이며 아름다움을 추구하는 현실에서 진실과 선을 중요시하는 예술 즉 지상주의가 성립된다.

/ 저 소나무처럼 영혼이 담긴 / 토테미즘 신앙이 아닐지라도 / 그 장엄한 표정 읽을 수 있다 /

자연을 보는 시야, 인간관계를 꿰뚫어 보는 통찰력은 너그럽고 성숙한 발견이다. 자연이나 자연물을 성시하는 토속신앙 어쩌면 작가가 가지고 있는 삶의 철학이기도 느껴진다.

이러한 상황을 머릿속에 그려지게 하는 묘사가 돋보인다.

// 창호지 문틈으로 들어와 / 봄 내음을 코끝에 뿌려주던 날 / 입맛이 없어 굶던 아이(중략) // 엄마의 사랑과 정성이 / 가득 담긴 쑥버무리 / 한 그릇 / 나를 소생 시킨 엄마 손맛이다 // 새싹들이 돋아나고 // 만물이 피어나는 봄 / 엄마의 깊은 사랑 그립다 (봄빛 같은 사랑. 부분)

내면에 깊숙하게 자리 잡은 열정 실용적인 가치와 정숙한 내면의 세계 이른 삶에 대한 애증이다. 우리의 마음속에 있는 생각과 느낌을 사물이나 현상을 통해 얻어지는 영감은 사람 중심부에서 일어나는 실체적인 모습이다. 시는 우리 일상생활의 기본이다. 이는 우리 일상생활에 필요한 그 어떤 요소를 가졌기 때문이다.

/ 엄마의 사랑과 정성이 / 가득 담긴 쑥버무리 / 한 그릇 / 나를 소생 시킨 엄마 손맛이다 /

삶을 지탱하는 가장 큰 힘은 무엇보다 부모님의 사랑이다. 또한, 엄마의 큰 사랑 그 정성은 그 무엇과도 바꿀 수가 없는 소중한 것이다.

밥맛이 없는 나에게 쑥버무리로 입맛을 돋게 한 엄마의 사랑과 정성 무엇으로 갚을 수 있을까. 이처럼 글쓰기는 생각과 상상력 그리고 사실적인 표현이다. 작가는 나만이 간직하고 있는 지난 이야기를 마치 지금 일어난 일인 것처럼 누구에게나 설명하듯 표현하고 있다.

(중략) // 어느 날 / 석유풍로가 생겼다 / 불을 지필 때면 석유 냄새로 / 두통이 심했지만 / 어머니는 구불구불한 면을 냄비에 끓이면 / 국수도 아닌 것이 냄새가 구수했다 / 먹고 싶은 생각에 어찌할 줄 몰랐다 / 서울서 공부하던 / 오빠가 방학 되어 내려오면/노란 냄비에 보글보글 끓인 라면 / 오빠만 먹으라 내어주셨다 / 후루룩후루룩 / 오빠만 혼자 먹었다 / 얄미운 오빠 (라면의 추억. 부분)

글의 전달과정은 풍자적인 표현에서 시적인 흥미를 느끼게 한다. 지난 아름다운 추억의 한 페이지를 작가는 서슴없이 꺼내 들었다. 이는 글을 쓰려는 움직임 즉 논리적인 사고가 필요하고 살을 붙이고 빼는 과정을 거쳐야 하기에 창의적인 아이디어가 필요하다.

/ 어머니는 구불구불한 면을 냄비에 끓이면 / 국수도 아닌 것이 냄새가 구수했다 /

어린 시절이기에 석유풍로에 끓이는 국수도 아닌 것이 냄새가 구수했다. 그 시절 라면 맛이란 상상이 간다. 라면 한 봉지를 끓이면서 국수를 듬뿍 넣어 온 가족이 먹던 기억도 난다.

/ 노란 냄비에 보글보글 끓인 라면 / 오빠만 먹으라 내어주셨다 / 후루룩후루룩 / 오빠만 혼자 먹었다 / 얄미운 오빠 /

작가는 먹을거리를 소재로 한 참신한 글의 소재가 이채롭다.

창작의 필요한 요소인 느낌, 경험, 상상 그리고 통찰력이다. 표현의 기술은 수사법과 상징의 차원을 높일수록 좋은 작품이 탄생한다. 이는 간결한 표현에서 명확하고 적절한 낱말을 사용하고 있기 때문이다. 지난날을 회상하는 잠재되었던 의식을 깨우는 감동적인 효과를 가져 오고 있다. 함축적이고 일관성 있는 표현력이 돋보인다.

// 초록빛 물결 / 넘실거리는 홍도 앞바다 / 파란 하늘을 담아보자 // 하얀 보자기에 / 곱게 싸서 꼬옥 묶어 두자 / 가리비 미역 김 / 슬그머니 튀어나올 것 같다 (홍도 바다. 전문)

글의 내용에서 그대로를 이해하는 것이 아니라 어떤 상징적인 의미가 있는 것으로 해석할 수 있는 표현, 이는 글을 쓰는 사람에게 얻어지는 영감이다. 참신한 생각을 통해 사물을 보는 시야가 그만큼 넓다는 의미다.

/ 초록빛 물결 / 넘실거리는 홍도 앞바다 / 파란 하늘을 담아보자 /

좋은 작품을 창작하는 일은 재능도 있어야겠지만 이를 과신하면 부적절한 표현만 남발하는 작품으로 전락하고 만다.

/ 파란 하늘을 담아보자 /

눈에 보이는 그 자체를 사실적인 표현이 적절하다. 설명을 장황함도 없이 간결한 이미지의 생성은 색다른 표현으로 변화를 주고 있다

/ 가리비 미역 김 / 슬그머니 튀어나올 것만 같다 /

사물에 대한 관찰은 세밀하게 주의를 자세하게 관찰한 결과물이다.

작가는 좋은 작품을 창작하기 위해서 꾸준한 습작의 노력이 필요하다, 글을 쓰는 방법은 작가의 호흡이자 시적인 리듬이기 때문이다.

// 시를 쓰라는데 / 시를 어떻게 써야 할지 / 써놓은 글도 / 내밀기가 부끄럽다 / 신체 일부 인 듯 / 노출이 부끄러워 / 고개를 들 수가 없다 / 누군가에게 겸손도 미덕도 아닌 / 그러나 나를 닮은 글을 써본다 / 자신에게 표현할 수 있는 / 여유는 언제쯤 일까? / 지금 시인의 길에서 / 나와 씨름하며 다투고 있다 (나를 닮은 시. 전문)

글을 쓰는 일은 낱말을 정화하는 일이며 막상 시상이 떠올랐다 할지라도 어떻게 써야 할지 고민이 된다. 이는 기성 시인들도 마찬가지다.

그만큼 시를 쓴다는 자체가 쉽고도 어려운 부분이다. 그런데 글을 쓰는 일을 즐거운 마음으로 시작하며 쉽게 쓸 수 있다. 시 한 편을 단번에 완성해야지 하는 관념을 가지고 있으니 어려운 것이다.

시는 사물이나 현상을 보고 느낀 바를 사상을 통해 사실적으로 표현하면 된다. 잘 써야지 하는 마음이 앞서니 시 창작이 어렵다 느껴진다.

// 시를 어떻게 써야 할지 / 써놓은 글도 / 내밀기가 부끄럽다 // 신체 일부 인 듯 / 노출이 부끄러워 / 고개를 들 수가 없다 /

시를 창작하는 일은 내적인 소리 즉 자신의 담고 있는 고백이다. 이는 사물이나 현상을 묘사해서 구체적으로 표현하는 것이다. 그동안 시 공부를 꾸준하게 했을지라도 내 글을 세상에 내놓기란 부끄러운 마음은 당연하다.

// 책꽂이에 꽂힌 많은 책 / 누가 쓴 책일까 / 지식 지혜 산물이 응집된 / 보물들 / 한 권의 책으로/ 또 다른 이름으로 얼굴을 내민다 // 나도 그래 봤으면 좋겠다 (도서관에서. 부분)

서점이나 도서관에 가면 수많은 서적이 독자를 기다리고 있다. 그러한 책은 종류별로 독자의 몫이며 내 글을 세상에 내놓는 순간이 제일 행복한 일이다. 그래서 창작은 작품 속의 경험을 생생하고 입체적으로 표현하는 것이며 설명을 하지 않아도 공감을 형성한다.

// 여름날 / 모레 먼지가 바람 타고 오더니 / 따사로운 햇빛이 나를 비출 때 / 그대는 / 거친 숨소리 들려주고 떠났습니다 // 자전거를 탈 때면 / 세월을 밟고 내달릴 때 / 그대도 나와 함께 달렸지요 / 길옆 나팔꽃이

화사하게 피던 날 / 사진 한 장 남기고 / 저 먼 곳으로 떠났습니다 / 지금 언덕길에 핀 나팔꽃 / 그대는 / 나팔꽃처럼 홀연히 서 있었습니다 (나팔꽃 사랑. 전문)

인생길은 만남과 헤어짐이 반복적으로 일어난다. 작가의 삶 속에 가장 힘든 과정을 겪었을 것이고 이러한 일련의 일을 통해 글을 쓸 수 있는 계기가 더해졌는지도 모른다. 시인의 말에서 어느 날 시를 배울 수 있는 계기가 되어 좋은 스승을 만났다고 고백했다.

/ 따사로운 햇빛이 나를 비출 때 / 그대는 / 거친 숨소리 들려주고 떠났습니다 /

세상에서 가장 슬픈 일은 내 곁을 지켜주던 사람이 다시 오지 못하는 곳으로 먼 여행을 떠나는 아픔을 경험하는 일일 것이다.

/ 지금 언덕길에 핀 나팔꽃 / 그대는 / 나팔꽃처럼 홀연히 서 있었습니다 /

글의 소재는 삶의 경험에서 발견하고 만드는 일이다. 이미지를 형상화하는 작업은 독자의 마음을 끌어당기는 힘이다.

// 승봉도 / 어느 여름날 / 그 사람과 바다와 노래를 떠올려 본다 / 철썩철썩 쏴아 / 빈 물결 부서지는 파도 / 그의 목소리 그리워진다 / 파도 속에는 그의 음성이 실려 있었다 // "몬난아 거긴 가지마래이"(그 섬에 가고 싶다. 부분)

그 섬에 가면 철썩이는 파도 모래밭을 둘이서 걷는 느낌으로 다가온다. 그 아련한 추억이 생생하게 그대로 전해오는 느낌이 든다.

글을 창작하는 일은 시간을 초월하여 내가 간직하고 있는 그 무엇인가를 내어주는 작업이다.

오감五感을 끄집어내어 세밀한 관찰을 살려내는 일이다. 이는 좀 더 좋은 글을 써야겠다는 의지 매일 갈고 닦은 솜씨를 발휘하는 것이다. 현상을 핵심으로 한 비유가 돋보인다.

// 한적한 산기슭에 집을 짓고 / 자연을 즐기는 여자가 되고 싶다 / 농막 한 채 지어 놓고 / 글을 쓰며 / 별처럼 한가롭게 살고 싶다 / 창 너머에 텃밭을 만들어 / 배추 무 오이를 심고 싶다 / 자갈밭 끝에는 / 감나무 한그루 사과나무 두 그루 / 붉은 가을을 느끼고 싶다(중략) // 하늘 아래 이보다 더 / 행복한 여인은 없을 것이다 (행복한 여인. 부분)

자연으로 돌아가고 싶은 꿈은 시인이기에 더욱 간절하게 느껴진다. 희망은 곧 이루어질 수 있는 용기도 필요하다.

/ 한적한 산기슭에 집을 짓고 / 자연을 즐기는 여자가 되고 싶다 /

우리 삶은 고정관념에서 벗어나기가 쉽지 않다. 그동안 살아왔던 범위 안에서 활동해야 편해지고 익숙해졌기 때문이다. 작가는 시 한 편을 쓰는 것으로 이미 자연으로 돌아가 창작에 몰두하고 있는지도 모른다. 농막 한 채를 지어 글을 쓰며 살고 싶다는 소박한 꿈, 일상생활에서 얻고 터득한 생활 면면이 작가만의 특별한 구분이 있는 것 같다. 자갈밭 끝에 감나무 한그루와 사과나무 두 그루를 심겠다는 고백은 혼자의 몸으로 살아온 삶을 대변해주고 있는 느낌이 들게 한다. 그러나 삶을 살아가는 방법은 자기 생각대로 뜻대로 행할 수 없는 현실이 아니던가. 그래서 혼자가 되고 둘이 되고 여럿이 되어 둥글게 살아가는 것이다.

/ 사색의 깊이는 우물처럼 깊고 / 늘 나는 자유를 갈망하는 여인 / 해서 혼자 걷는다고 외톨이는 아니다 (침묵의 긴 그림자. 부분)

사색의 근본은 혼자가 아니다. 이를 마음속으로 눈으로 가슴으로 느끼며 즐기는 일상이다. 작가는 나만의 시적인 언어를 세상과 타협하는 표현이 달갑다. 그러기에 창작의 도구는 평범한 일상에서 일어나는 크고 작은 일을 통해 동질감을 갖게 되고 이를 실생활에 적응하는 본연의 모습을 발견하는 일이다.

/ 삶의 열정은 혼자만 느껴지는 희열 / 봄은 내 마음에 비집고 들어와 / 두 어깨를 토닥여 준다 (침묵의 긴 그림자. 부분)

세상에는 무수한 아름다운 일이고 아름다운 광경을 얼마든지 목격되고 체험을 하게 된다. 이는 간접적이든 직접적이든 성숙한 눈을 가지고 있으면 가능하기 때문이다. 이는 자신이 생존하는 하나의 방법이기도 하다.

// 한세상 살다 보니 고달픈 일상 / 금광저수지 호숫가에 누워본다 / 파란 하늘을 하염없이 / 바라볼 때도 있었다 (중략) // 푸드득 새들이 짝짓기할 때 / 나는 모르는 척 딴 곳에 눈을 돌린다 / 철썩거리는 나룻배는 / 마치 나를 닮은 듯하다 // 출렁이는 물결 / 석양빛은 한자락 / 내 그림자 새겨 놓았다 / 그렇게 / 언젠가는 그이 곁에 가야 할 것 같다 / 내 몸은 물에 잠긴 나룻배처럼 (나는 나룻배. 부분)

글을 쓸 때 시의 낱말이 곱고 아름다워야 한다는 고정관념을 갖기 쉽다. 이는 좋은 작품을 만들어야지 하는 갈망 때문이다. 사물이나 현상을 보고 느낌을 사실적으로 표현하는 것이 좋은 글을 쓰는 요소이다. 사물의 비유를 통해서 얻어지는 시적인 영감은 색다른 표현이 된다.

/ 한세상 살다 보니 고달픈 일상 / 금광저수지 호숫가에 누워본다 /

인생의 문제 삶의 문제는 그 누구도 해결할 수 없는 삼각관계다. 그만큼 풀 수 없는 방정식처럼 느껴지기에 내가 살아가는 일상생활이 고달프다고 말할 수 있다. 그러나 오늘 시 한 편을 쓸 수 있는 여유는 그 누구도 갖지 못하는 행복이 아닐까 싶다. 호숫가에 파란 하늘을 바라보는 것만으로 시적인 감흥을 불러일으킬 만하게 느껴진다.

/ 푸드득 새들이 짝짓기할 때 / 나는 모르는 척 딴 곳에 눈을 돌린다 / 철썩거리는 나룻배는 / 마치 나를 닮은 듯하다 /

날카로운 시선을 직시하고 있다, 보통의 의미 전달은 쉬운 표현으로 만든다고 생각 할지는 모르지만, 그 낱말은 바라보는 시선에 따라 오묘한 의미가 숨어있다. 시를 이해하는데도 이렇게 평범한 언어로 동질감을 느끼게 한다.

// 그 섬에는 /나의 별이 숨어있다 / 손에 닿을 듯 / 그러나 섬은 무관심하게 / 버려진 채 / 떨어진 낙엽이 쌓이게 된다 / 밤새 조용히 신음하며 (섬. 부분)

작가는 자조 섞인 낱말을 토설하고 있다. 작가는 나에 대한 의미를 시집 곳곳에서 표현하고 있다. 자신의 삶을 성찰할 수 있다는 것은 시 창작에서 온전한 글쓰기를 발견한 것이다.

시인은 말하고 있다. 온전한 마음을 수용하고 있다고. 그 별을 만나는 날은 이미 정해져 있는 것이다. 하지만 내가 살아가는 동안 힘겹게 쌓아 놓은 나의 인생은 값지게 살아가야 한다. 그러기 위해서는 나만이 가지고 있는 재능을 세상에 펼쳐 놓아야 하며 내 안에 간직하고 있는 매력적인 부분까지도 세상과 소통하는 창구가 되어야 한다.

자유시라고 해서 아무렇게나 그 의미를 표현한다면 잘못된 표현이다. 시가 되기 위해서는 정해진 틀에 매이지 않으며 느낌을 보는 관점에 따라 분위기를 세밀한 관찰을 통해 얻어지는 감각적인 표현인 것이다.

한 편의 시를 창작하는 일은 사물이나 현상을 날카로운 시선으로 때로는 부드러운 시선으로 삶을 바라보는 일이다.

그러기에 해학적인 부분까지 미적인 열정이 있기에 있는 그대로를 사실적으로 표현한 부분이다.

시인은 작품을 통해 세상과 타협하는 일이며 자신에게 그 무엇인가를 들려줘야 한다.

나에 대한 글쓰기는 생각부터 무엇을 쓸 것인지 결정해야 하며 나에 대한 글쓰기는 나의 성찰이 있을 때 공감을 만들어 낸다.

전재희 시인의 첫 시집 『가을날의 독백』은 자신의 마음을 말간 우물물을 바라보는 느낌을 갖게 한다. 한 폭의 수채화를 감상하듯 아직은 마음껏 펼쳐내지 못한 부분도 있겠지만 오감五感을 살려 사물을 보는 시야가 넓고 깊으며 자연을 보는 눈 또한 예사롭지 않다.

전재희 시인의 작품세계는 작가가 원하는 만큼 시상을 펼쳐 놓았다.

# 가을날의 독백

뜨락에 시선 016

초판 인쇄 2024년 9월 25일
초판 발행 2024년 9월 30일

지 은 이 전재희
펴 낸 이 박가을
디 자 인 이재은
펴 낸 곳 도서출판 뜨락에

편 집 출 판 도서출판 뜨락에
등 록 번 호 제2015-000075호
등 록 일 자 2015년 9월 3일
주 소 경기도 안산시 상록구 학사1길4-1
전 화 번 호 031-486-0004
전 자 우 편 kwang6112@naver.com

ISBN 979-11-88839-25-4
정가 12,000원


- 본문 페이지에서 한 연이 첫 번째 행에서 시작될 때에는 〈표기를 합니다.
- 저자의 의도에 따라 작품의 보조 동사와 합성 명사는 띄어쓰기가 달라질 수 있습니다.